GULLAR

ILUSTRAÇÕES DE

CIRO FERNANDES

(1962–1967)

FERREIRA

DE CORDEL

JO JOSÉ OLYMPIO

ROMANCES

4ª EDIÇÃO
RIO DE JANEIRO
2024

Copyright © Gullar, Ferreira, Editora José Olympio Ltda.

1ª edição, Editora José Olympio, 2009
Design Casa Rex

CIP-BRASIL. CATALOGAÇÃO NA PUBLICAÇÃO
SINDICATO NACIONAL DOS EDITORES DE LIVROS, RJ

G983r
4. ed

    Gullar, Ferreira, 1930-2016
        Romances de cordel (1962-1967) / Ferreira Gullar ; ilustração Ciro Fernandes. - 4. ed. - Rio de Janeiro : José Olympio, 2024.
        ISBN 978-65-5847-151-6
        1. Poesia. 2. Literatura de cordel brasileira. I. Fernandes, Ciro. II. Título.

24-88008   CDD: 398.204981
                            CDU: 398.51(81)

Gabriela Faray Ferreira Lopes - Bibliotecária - CRB-7/6643

Este livro foi revisado segundo o Acordo Ortográfico da Língua Portuguesa de 1990.

Todos os direitos reservados. Proibida a reprodução, o armazenamento ou a transmissão de partes deste livro, através de quaisquer meios, sem prévia autorização por escrito.

Reservam-se os direitos desta edição à
EDITORA JOSÉ OLYMPIO LTDA.
Rua Argentina, 171 – 3º andar – São Cristóvão
20921-380 – Rio de Janeiro, RJ
Tel.: (21) 2585-2000.

Seja um leitor preferencial Record.
Cadastre-se no site www.record.com.br
e receba informações sobre nossos lançamentos e nossas promoções.

Atendimento e venda direta ao leitor:
sac@record.com.br

ISBN 978-65-5847-151-6

Impresso no Brasil
2024

7

PALAVRAS AO LEITOR

JOÃO BOA-MORTE, 11
CABRA MARCADO PRA MORRER

QUEM MATOU APARECIDA?
35 HISTÓRIA DE UMA FAVELADA
QUE ATEOU FOGO ÀS VESTES

PELEJA DE ZÉ MOLESTA COM TIO SAM
57
75
HISTÓRIA DE UM VALENTE

97
SOBRE O AUTOR

SOBRE O ILUSTRADOR
101

PALAVRAS

AO

LEITOR

Os quatro poemas de cordel — que são agora, pela primeira vez, publicados em volume exclusivo — foram escritos no começo da década de 1960, durante minha atuação no Centro Popular de Cultura (CPC), da União Nacional dos Estudantes (UNE).

Até 1961, minha atividade poética se caracterizava por uma busca intensa e inquieta de novos modos de escrever a poesia, tendo culminado com poemas espaciais e finalmente com o "Poema enterrado". Em 1962, fui convidado a dirigir, em Brasília, a Fundação Cultural, que até então só existia no papel. Empenhei-me nesse trabalho, orientando a instituição em duas direções que me pareciam pertinentes com a natureza cultural da nova capital: a arte de vanguarda e a arte popular. Realizei, naquele mesmo ano, uma exposição no Museu de Arte Moderna de São Paulo, levei para lá espetáculos do Teatro de Arena e fundei o Museu de Arte Popular de Brasília, projetado por Oscar Niemeyer, que foi posto de lado pelo meu sucessor.

Com a renúncia de Jânio Quadros, também naquele ano, voltei para o Rio de Janeiro e passei a atuar no CPC, a convite de Oduvaldo Vianna Filho. Foi também por sugestão dele que escrevi o primeiro desta série de poemas de cordel, *João Boa-Morte, cabra marcado pra morrer*, que deveria servir de narrativa para uma peça, a ser escrita por ele, sobre a reforma agrária. A peça não foi escrita, mas o poema foi editado, como folheto de feira, com capa desenhada pelo gravador Darel Valença. O segundo, *Quem matou Aparecida?*, o escrevi a partir de um roteiro que me foi entregue, com a história que é narrada no cordel. Logo depois, por solicitação do Partido Comunista, escrevi *História de um valente*, que conta a prisão de Gregório Bezerra pelos militares, logo após o golpe de 1964. Por medida de precaução, já que a repressão se intensificava a cada dia, assinei o poema com o pseudônimo de José Salgueiro, levando muita gente a acreditar que se tratava de um poeta nordestino de feira, que o havia escrito. Antes, escrevera *Peleja de Zé Molesta com Tio Sam*, que só foi publicado muito depois, na primeira edição de *Toda poesia*, em 1980.

São poemas, como se vê, escritos muito mais com o propósito de contribuir para a luta política do que para fazer poesia. Certamente, vali-me da experiência que tinha com o verso rimado e a métrica, acrescida da leitura, quando garoto no Maranhão, da poesia de cordel, para realizá-los o melhor que pude. Esta edição vem enriquecida das xilos de Ciro Fernandes, gravador de inegável talento e mestria, cujas raízes são idênticas às dos poemas que aceitou ilustrar com belas e inspiradas gravuras.

Ferreira Gullar
2009

JOÃO

BOA-MORTE,

CABRA MARCADO PRA

MORRER

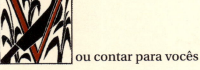ou contar para vocês
um caso que sucedeu
na Paraíba do Norte
com um homem que se chamava
Pedro João Boa-Morte,
lavrador de Chapadinha:
talvez tenha morte boa
porque vida ele não tinha.

Sucedeu na Paraíba
mas é uma história banal
em todo aquele Nordeste.
Podia ser em Sergipe,
Pernambuco ou Maranhão,
que todo cabra da peste
ali se chama João
Boa-Morte, vida não.

Morava João nas terras
de um coronel muito rico.
Tinha mulher e seis filhos,
um cão que chamava "Chico",
um facão de cortar mato,
um chapéu e um tico-tico.
Trabalhava noite e dia
nas terras do fazendeiro.
Mal dormia, mal comia,
mal recebia dinheiro;
se recebia não dava
pra acender o candeeiro.

13

João não sabia como
fugir desse cativeiro.

Olhava pras seis crianças
de olhos cavados de fome,
já consumindo a infância
na dura faina da roça.
Sentia um nó na garganta.
Quando uma delas almoça,
as outras não; a que janta,
no outro dia não almoça.

Olhava para Maria,
sua mulher, que a tristeza
na luta de todo dia
tão depressa envelheceu.
Perdera toda a alegria,
perdera toda a beleza
e era tão bela no dia
em que João a conheceu!

Que diabo tem nesta terra,
neste Nordeste maldito,
que mata como uma guerra
tudo o que é bom e bonito?
Assim João perguntava
para si mesmo, e lembrava
que a tal guerra não matava
o coronel Benedito!

Essa guerra do Nordeste
não mata quem é doutor.

Não mata dono de engenho,
só mata cabra da peste,
só mata o trabalhador.
O dono de engenho engorda,
vira logo senador.

Não faz um ano que os homens
que trabalham na fazenda
do coronel Benedito
tiveram com ele atrito
devido ao preço da venda.
O preço do ano passado
já era baixo e no entanto
o coronel não quis dar
o novo preço ajustado.

João e seus companheiros
não gostaram da proeza:
se o novo preço não dava
para garantir a mesa,
aceitar preço mais baixo
já era muita fraqueza.
"Não vamos voltar atrás.
Precisamos de dinheiro.
Se o coronel não der mais,
vendemos nosso produto
para outro fazendeiro."

Com o coronel foram ter.
Mas quando comunicaram
que a outro iam vender
o cereal que plantaram,
o coronel respondeu:

"Ainda está pra nascer
um cabra pra fazer isso.
Aquele que se atrever
pode rezar, vai morrer,
vai tomar chá de sumiço."

O pessoal se assustou.
Sabiam que fazendeiro
não brinca com lavrador.
Se quem obedece morre
de fome, e de desespero,
quem não obedece corre
ou vira "cabra morredor".

Só um deles se atreveu
a vender seu cereal.
Noutra fazenda vendeu
mas vendeu e se deu mal.
Dormiu, não amanheceu.
Foram encontrá-lo enforcado
de manhã num pé de pau.
Debaixo do morto estava
um "cabra" do coronel
que dizia a quem passava:

"Este moleque maldito
pensou que desrespeitava
o que o patrão tinha dito.
Toda planta que aqui nasce
é planta do coronel.
Ele manda nesta terra
como Deus manda no céu.

Quem estiver descontente
acho melhor não falar
ou fale e depois se aguente
que eu mesmo venho enforcar."

João ficou revoltado
com aquele crime sem nome.
Maria disse: "Cuidado
não te mete com esse homem."
João respondeu zangado:
"Antes morrer enforcado
do que sucumbir de fome."

Nisso pensando, João
falou com seus companheiros:
"Lavradores, meus irmãos,
esta nossa escravidão
tem que ter um paradeiro.
Não temos terra nem pão,
vivemos num cativeiro.
Livremos nosso sertão
do jugo do fazendeiro."

O coronel Benedito
quando soube que João
tais coisas havia dito,
ficou brabo como o Cão.
Armou dois "cabras" e disse:
"João Boa-Morte não presta.
Não quero nas minhas terras
caboclo metido a besta.

"Vou lhe dar uma lição.
Ele quer terra, não é?
Pois vai ganhar o sertão!
Vai ter que andar a pé
desde aqui ao Maranhão.
Quando virar vagabundo,
terá de baixar a crista.
Vou avisar todo mundo
que esse 'cabra' é comunista.
Quem mexe com Benedito
bem caro tem que pagar.
Ninguém lhe dará um palmo
de terra pra trabalhar."

Se assim disse, assim fez.
João foi mandado embora
do seu casebre pacato.
Disse a Maria: "Não chora,
todo patrão é ingrato."
E saíram mundo afora.
Ele, Maria, os seis filhos
e o facão de cortar mato.

Andaram o resto do dia
e quando a noite caía
chegaram numa fazenda:
"Seu doutor, tenho família,
sou homem trabalhador.
Me ceda um palmo de terra
pra eu trabalhar pro senhor."

Ao que o doutor respondeu:
"Terra aqui tenho sobrando,
todo esse baixão é meu.
Se planta e colhe num dia,
pode ficar trabalhando."

"Seu coronel, me desculpe,
mas eu não sei fazer isso.
Quem planta e colhe num dia,
não planta, faz é feitiço."
"Nesse caso, não discuta,
acho melhor ir andando."

E lá se foi Boa-Morte
com a mulher e seis meninos:
"Talvez eu tenha mais sorte
na fazenda dos Quintinos."
Andaram rumo do Norte,
pra além da várzea dos Sinos:
"Coronel, morro de fome
com seis filhos e a mulher.
Me dê trabalho, sou homem
para o que der e vier."

E o coronel respondeu:
"Trabalho tenho de sobra.
E se é homem como diz
quero que me faça agora
essa raiz virar cobra
e depois virar raiz.
Se isso não faz, vá-se embora."

João saiu com a família
num desespero sem nome.
Ele, os filhos e Maria
estavam mortos de fome.
Que destino tomaria?
Onde iria trabalhar?
E à sua volta ele via
terra e mais terra vazia,
milho e cana a verdejar.

O sol do sertão ardia
sobre os oito a caminhar.
Sem esperança de um dia
ter um canto pra ficar,
à sua volta ele via
terra e mais terra vazia,
milho e cana a verdejar.

E assim, dia após dia,
andaram os oito a vagar,
com uma fome que doía
fazendo os filhos chorar.
Mas o que mais lhe doía
era, com fome e sem lar,
ver tanta terra vazia,
tanta cana a verdejar!

Era ver terra e ver gente
daquele mesmo lugar,
amigos, quase parentes,
que não podiam ajudar,
que se lhes dessem pousada
caro tinham que pagar.

O que o patrão ordena
é bom não contrariar.

A muitas fazendas foram,
sempre o mesmo resultado.
Mundico, o filho mais moço,
parecia condenado.
Pra respirar era um esforço,
só andava carregado.
"Mundico, tu tá me ouvindo?"
Mundico estava calado.
Mundico estava morrendo,
coração quase parado.
Deitaram o pobre no chão,
no chão com todo o cuidado.
Deitaram e ficaram vendo
morrer o pobre coitado.

"Meu filho", gritou João,
se abraçando com o menino.
Mas de Mundico restava
somente o corpo franzino.
Corpo que não precisava
mais nem de pai nem de pão,
que precisava de chão
que dele não precisava.

Enquanto isso ali perto,
detrás de uma ribanceira,
três "cabras" com tiro certo
matavam Pedro Teixeira,
homem de dedicação
que lutara a vida inteira
contra aquela exploração.

Pedro Teixeira lutara
ao lado de Julião,
falando aos caboclos para
dar melhor compreensão
e uma Liga organizara
pra lutar contra o patrão,
pra acabar com o cativeiro
que existe na região,
que conduz ao desespero
toda uma população,
onde só o fazendeiro
tem dinheiro e opinião.

Essa não foi a primeira
morte feita de encomenda
contra líder camponês.
Outros foram assassinados
pelos donos da fazenda.
Mas cada Pedro Teixeira
que morre, logo aparece
mais um, mais quatro, mais seis
– que a luta não esmorece
e cresce mais cada mês.

Que a luta não esmorece
agora que o camponês
cansado de fazer prece
e de votar em burguês,
se ergue contra a pobreza
e outra voz já não escuta,
só a que o chama pra luta
– voz da Liga Camponesa.

Mas João nada sabia
no desespero que estava,
andando aquele caminho
onde ninguém o queria.
João Boa-Morte pensava
que se encontrava sozinho
que sozinho morreria.

Sozinho com cinco filhos
e sua pobre Maria
em cujos olhos o brilho
da morte se refletia.
Já não havia esperança,
iam sucumbir de fome,
ele, Maria e as crianças.

Naquela terra querida,
que era sua e que não era,
onde sonhara com a vida
mas nunca viver pudera,
ia morrer sem comida
aquele de cuja lida
tanta comida nascera.

Aquele de cuja mão
tanta semente brotara
que, filho daquele chão,
aquele chão fecundara;
e assim se fizera homem
para agora, como um cão,
morrer, com os filhos, de fome.

E assim foi que Boa-Morte,
quando chegou a Sapé,
desiludido da sorte,
certo que naquele dia
antes da aurora nascer
os seus filhos mataria
e mataria a mulher,
depois se suicidaria
para acabar de sofrer.

Tomada essa decisão
sentiu que uma paz sofrida
brotava em seu coração.
Era uma planta perdida,
uma flor de maldição
nascendo de sua mão
que sempre plantara a vida.

Seus olhos se encheram d'água.
Nada podia fazer.
Para quem vive na mágoa,
mágoa menor é morrer.
Que sentido tem a vida
pra quem não pode viver?
Pra quem, plantando e colhendo,
não tem direito a comer?
Pra que ter filhos, se os filhos
na miséria vão morrer?
É preferível matá-los
aquele que os fez nascer.

Chegando a um lugar-deserto,
pararam para dormir.
Deitaram todos no chão
sem nada pra se cobrir.
Quando dormiam, João
levantou-se devagar
pegando logo o facão
com que os ia degolar.

João se julgava sozinho
perdido na escuridão
sem ter ninguém pra ajudá-lo
naquela situação.
Sem amigo e sem carinho
amolava o seu facão
para matar a família
e varar seu coração.

Mas como um louco atrás dele
andava Chico Vaqueiro
um lavrador como ele
como ele sem dinheiro
para levá-lo pra Liga
e lhe dar um paradeiro
para que assim ele siga
o caminho verdadeiro.

Para dizer-lhe que a luta
só agora vai começar,
que ele não estava sozinho,
não devia se matar.
Devia se unir aos outros
para com os outros lutar.

Em vez de matar o filho,
devia era os libertar
do jugo do fazendeiro
que já começa a findar.

E antes que Boa-Morte,
levado pela aflição,
em seis peitos diferentes
varasse seu coração,
Chico Vaqueiro chegou:
"Compadre, não faça isso,
não mate quem é inocente.
O inimigo da gente
– lhe disse Chico Vaqueiro –
não são os nossos parentes,
o inimigo da gente
é o coronel fazendeiro.

"O inimigo da gente
é o latifundiário
que submete nós todos
a esse cruel calvário.
Pense um pouco, meu amigo,
não vá seus filhos matar.
É contra aquele inimigo
que nós devemos lutar.
Que culpa têm os seus filhos?
Culpa de tanto penar?
Vamos mudar o sertão
pra vida deles mudar."

Enquanto Chico falava,
no rosto magro de João
uma luz nova chegava.
E já a aurora, do chão
de Sapé, se levantava.

E assim se acaba uma parte
da história de João.
A outra parte da história
vai tendo continuação
não neste palco de rua
mas no palco do sertão.
Os personagens são muitos
e muita a sua aflição.
Já vão todos compreendendo,
como compreendeu João,
que o camponês vencerá
pela força da união.
Que é entrando para as Ligas
que ele derrota o patrão,
que o caminho da vitória
está na revolução.

QUEM

MATOU

APARECIDA?

HISTÓRIA DE UMA FAVELADA QUE ATEOU FOGO ÀS VESTES

parecida, esta moça
cuja história vou contar,
não teve glória nem fama
de que se possa falar.
Não teve nome distinto:
criança brincou na lama,
fez-se moça sem ter cama,
nasceu na Praia do Pinto,
morreu no mesmo lugar.

Praia do Pinto é favela
que fica atrás do Leblon.
O povo que mora nela
é tão pobre quanto bom:
cozinha sem ter panela,
namora sem ter janela,
tem por escola a miséria
e a paciência por dom.

No dia que a paciência
do favelado acabar,
que ele ganhar consciência
para se unir e lutar,
seu filho terá comida
e escola para estudar.
Terá água, terá roupa,
terá casa pra morar.
No dia que o favelado
resolver se libertar.

Mas a nossa Aparecida
chegou cedo por demais
por isso perdeu a vida
que ninguém lhe dará mais.

É sua história esquecida
de poucos meses atrás,
é essa vida perdida
de uma moça sem cartaz
que está aqui pra ser lida
porque nela está contida
a lição que aprenderás.

Já bem cedo Aparecida
trabalhava pra comer:
vendia os bolos que a mãe
fazia pra ela vender;
carregava baldes d´água
para banhar e beber.
Comida pouca e água suja
que até dá raiva dizer.

Da porta de seu barraco,
de zinco e madeira velha,
olhava o mundo dos ricos
com suas casas de telha.
Os blocos de apartamento
quase tocando no céu
dos quais nem em pensamento
um deles seria seu.

Daquele chão de monturo,
via o mundo dividido:
do lado de cá, escuro,
e do de lá, colorido.
À sua volta a pobreza,
a fome, a doença, a morte;
e ali adiante a riqueza
dos que tinham melhor sorte.
Nossa Aparecida achava
que tinha era dado azar
porque ela ignorava
que o mundo pode mudar.

Já conhecia a cidade
da gente limpa e bonita,
meninas de sua idade
de seda e laço de fita.
Gente que anda de carro,
vive em boate e cinema,
que nunca pisou no barro,
que não conhece problema,
que pensa que o Rio é mesmo
Copacabana e Ipanema.

Que pensa ou finge pensar.
Porque se chega à janela,
se dá um giro, vê logo
o casario da favela,
a marca mais evidente
desta sociedade ingrata,
que a terça parte do Rio
mora em barracos de lata.

E assim foi que Aparecida
se tornou uma mocinha.
Falou pra mãe que queria
ganhar uma criancinha.
Já que boneca era caro
e dinheiro ela não tinha,
ter um filho era mais fácil
dela conseguir sozinha.

"Sozinha ninguém consegue!",
disse-lhe a mãe já com medo.
"Tira isso da cabeça,
ter filho não é brinquedo.
Favelada que tem filho
acaba a vida mais cedo."

Não podia Aparecida
entender essa verdade.
Queria ter um bebê
para cuidar com bondade,
para vestir bonitinho
como os que viu na cidade.

Tanto falou no desejo
de ter uma criancinha
que um dia uma lavadeira
que era sua vizinha
prometeu falar na casa
de um tal de dr. Vinhas,
casado com dona Rosa,
que ganhara uma filhinha.

Foi assim que Aparecida
mudou-se para Ipanema.
O ordenado era pouco
mas resolvia o problema.
Deixou a Praia do Pinto
e venceu o seu dilema:
ganhou um bebê bonito
cheirando a talco e alfazema.

Quando saiu com o embrulho
(dois vestidos e um espelho
redondo, de propaganda)
a mãe lhe deu um conselho:
"Veja lá por onde anda.
Cuidado com homem velho
e português de quitanda.
Pra rico é fácil ter filho;
pra pobre, a vida desanda."

Mas Aparecida estava
entregue à sua alegria.
Só pensava na menina
de que ela cuidaria,
a boneca de verdade
que ela enfim ganharia.
E assim passou cantando
aquele primeiro dia.

Foi muito bem recebida
pela patroa e o patrão.
Ganhou um quarto pequeno
e uma cama de colchão.

Quarto escuro, colchão duro,
mas como querer melhor
quem sempre dormiu no chão?

A vida de Aparecida
corria tranquila e bela.
Ainda por cima seu Vinhas
simpatizava com ela,
indagava de sua vida
e das coisas da favela.

Um dia pegou-lhe o braço
e puxou-a para si.
Lhe disse: "Me dá um abraço,
que eu gosto muito de ti."
Largou-a ao ouvir os passos
de alguém que vinha pra ali.

Mas de noite ele voltou.
Deitou-se do lado dela
e ela não se incomodou.
Passou a mão nos seus peitos,
e Aparecida gostou.
Deitou-se por cima dela
e suas calças tirou.
Aparecida nem lembra
o que depois se passou.
E tanto se repetiu
que ela até se habituou.

Mas lá um dia a patroa
abriu a porta e os pegou.

Já era de manhã cedo
Vinhas quase desmaiou.
A mulher fez que não viu,
tranquilamente falou:
"Compre-me um litro de leite,
pois o leiteiro atrasou."

Aparecida saiu
sem saber o que fazer.
Quando voltou, no seu quarto
tinha coisa pra se ver:
a patroa já chamara
um guarda para a prender.
"Ela roubou estas joias,
que nem bem soube esconder" –
disse mentindo, a patroa.
Aparecida foi presa
sem nada poder dizer.

Para o SAM foi conduzida
depois de muito apanhar.
Um dia ali esquecida
começou a reparar
que em sua entranha uma vida
começara a despertar.
Quando a guarda da prisão
descobriu-lhe a gravidez,
foi dizer à direção,
que a retirou do xadrez
pra evitar complicação.
"Vá se embora sua puta,
chega de aporrinhação."

Aparecida voltou
pro barraco da favela.
A mãe estava doente
sem saber notícia dela.
Cuidou da mãe como pôde
e conseguiu se empregar.
Trabalhou até que um dia
numa fila de feijão
perdeu as forças, caiu,
e teve o filho no chão.
Da casa onde trabalhava
logo foi mandada embora.
"Empregada que tem filho
não serve, que filho chora."

Em outras casas bateu
mas de nada adiantou.
Depois de muito vagar,
pra casa da mãe voltou.
Mas o problema da fome
assim não solucionou.
Não teve outra saída:
na prostituição entrou.

Ficava noites inteiras
rodando pelo Leblon
para apanhar rapazinhos
que sempre pagavam algum
e que não tinham o bastante
pra frequentar o *bas-fond*.

Até que um dia encontrou
um rapaz que gostou dela
que se chamava Simão
e morava na favela.
Decidiram viver juntos
e a vida ficou mais bela.

Bela como pode ser
a vida de um favelado
morando em cima da lama
num barraco esburacado
trabalhando noite e dia
por um mísero ordenado.

Mas Simão e Aparecida
um no outro se ampararam.
Com as durezas da favela
de há muito se habituaram:
uniram suas duas vidas
e depressa se gostaram.

Ela lavava pra fora
e cuidava do filhinho
que, de mal alimentado,
era magro e doentinho
mas que dela merecia
todo desvelo e carinho.

Simão, que era operário,
trabalhava numa usina.
Gastava sua mocidade
numa soturna oficina
onde o serviço é pesado
e o dia nunca termina.

Mas o amor de Aparecida
viera abrandar-lhe a sina.

Simão ganhava tão pouco
que mal dava pra comer,
menos que o salário mínimo
que está na lei pra inglês ver...
Nem sempre tinha jantar
nem o que dar de beber
ao menino que chorava
sem poder adormecer.

Aparecida e Simão
deitados ali do lado
ouviam o choro do filho
fraquinho e desesperado
que já no berço sentia
o peso cruel e injusto
desse mundo desgraçado.

E eis que um dia, Simão
participou de uma greve.
Veio a noite e Aparecida
dele notícia não teve.
Os companheiros disseram
que a polícia o deteve.
Ela correu à polícia
mas ali nada obteve.

Voltou chorando pra casa
sem saber o que fazer.
Debruçada na janela
viu o dia amanhecer:

um dia claro mas triste
como se fosse chover.

Sentia-se desamparada
naquela casa vazia.
Por que duravam tão pouco
suas horas de alegria?
Se Simão não mais voltasse
o que é que ela faria?

Esperou que ele voltasse.
Os dias passaram em vão.
O menino já chorava
sem ter alimentação.
Ela já nem escutava
tamanha a sua aflição.

Quase imóvel, dia e noite,
ficou assim na janela
à espera de que Simão
voltasse outra vez pra ela
fazendo o seu coração
sentir que a vida era bela,
por pouco que fosse o pão,
triste que fosse a favela.

Quanto tempo se passara?
Quanto dia se apagou?
Até o menino calara,
até o vento parou.
Aparecida repara
que alguma coisa acabou.

Era uma coisa tão clara
que ela própria se assustou.
Por que calara o menino?
Que mão nova o afagou?
E sobre o corpinho inerte
chorando ela se atirou...

Chamava-se Aparecida
e chorava ali sozinha.
Mal chegava aos 15 anos
a idade que ela tinha.
Chorava o seu filho morto
e a sua vida mesquinha.
Uma criança chorando
sobre outra criancinha.

Foi assim que Aparecida
sem pensar e sem saber
derramou álcool na roupa
pra logo o fogo acender.
E feito uma tocha humana
foi pela rua a correr
gritando de dor e medo
para adiante morrer.

Acaba aqui a história
dessa moça sem cartaz
que ficaria esquecida
como todas as demais
histórias de gente humilde
que noticiam os jornais.
Pra concluir te pergunto:
quem matou Aparecida?

Quem foi que armou seu braço
para dar cabo da vida?
Foi ela que escolheu isso
ou a isso foi conduzida?
Se a vida a conduziu
quem conduziu sua vida?

Por que existem favelas?
Por que há ricos e pobres?
Por que uns moram na lama
e outros vivem como nobres?
Só te pergunto estas coisas
para ver se tu descobres.

Se não descobres te digo
para que possas saber:
o mundo assim dividido
não pode permanecer.
Foi esse mundo que mata
tanta criança ao nascer
que negou a Aparecida
o direito de viver.
Quem ateou fogo às vestes
dessa menina infeliz
foi esse mundo sinistro
que ela nem fez nem quis
– que deve ser destruído
pro povo viver feliz.

PELEJA DE

ZÉ MOLESTA

COM

TIO SAM

sta é a história fiel
da luta que Zé Molesta
pelejou com Tio Sam,
que começando de noite
foi acabar de manhã
numa disputa infernal
que estremeceu céus e terra:
quase o Brasil vai à guerra
e o mundo inteiro à terceira
conflagração mundial.

Zé Molesta é um Zé franzino
nascido no Ceará
mas cantador como ele
no mundo inteiro não há.
Com seis anos sua fama
corria pelo Pará;
com oito ganhava um prêmio
de cantador no Amapá;
com nove ensinava grilo
a cantar dó-ré-mi-fá;
com dez fazia um baiano
desconhecer vatapá.

Assim fez sua carreira
de cantador sem rival
vencendo poeta de feira
de renome nacional.
Venceu Otacílio e Dimas,
Apolônio e Pascoal

rindo e brincando com as rimas
numa tal exibição,
cavalgando no "galope"
da beira-mar ao sertão,
soletrando o abecedário,
montando no adversário
quadrando quadra e quadrão.

Foi então que ouviu falar
desse tal de Tio Sam.
"Tio de quem?" – perguntou.
"Só se for de tua irmã!
O único tio que eu tive
salguei como jaçanã."
Mas lhe disseram que o velho
era pior que Satã.
"Vamo nos topar pra ver
quem rompe vivo a manhã."

Assim falou Zé Molesta
e mandou logo avisar
a Tio Sam que ficasse
preparado pra apanhar.
"Marque lugar, marque hora,
que eu canto em qualquer lugar.
Só quero que o mundo inteiro
possa a luta acompanhar
por rádio e televisão
e através do Telstar."

Lançado o seu desafio
Zé Molesta se cuidou.
Correu depressa pro Rio
e aqui se preparou.

Falou com Vieira Pinto,
Nelson Werneck escutou
e nos *Cadernos do Povo*
durante um mês estudou.
"O resto sei por mim mesmo
que a miséria me ensinou."

Enfim foi chegado o dia
da disputa mundial.
Na cidade de New York
fazia um frio infernal.
No edifício da ONU
foi preparado o local.
Zé Molesta entrou em cena
foi saudando o pessoal:
"Viva a amizade dos povos,
viva a paz universal!"

Tio Sam também chegou
todo de fraque e cartola.
Virou-se pra Zé Molesta
e lhe disse: "Tome um dólar,
que brasileiro só presta
para receber esmola.
Está acabada a disputa,
meta no saco a viola."

Zé Molesta olhou pra ele,
lhe disse: "Não quero, não.
Não vim lhe pedir dinheiro
mas lhe dar uma lição.
Não pense que com seu dólar
compra minha opinião,

que eu não me chamo Lacerda
nem vivo de exploração."

Tio Sam ficou sem jeito,
guardou o dólar outra vez.
Respondeu: "Esse sujeito
já se mostrou descortês.
Já me faltou com o respeito
logo na primeira vez.
Vê-se logo que ele é filho
de negro e de português."

"Não venha com essa conversa
de preconceito racial
– lhe respondeu Zé Molesta –,
que isso é conversa boçal.
Na minha terra se sabe
que todo homem é igual,
seja preto, seja branco,
da França ou do Senegal.
Antes um preto distinto
do que um rico sem moral."

Tio Sam ficou danado
com a resposta de Molesta:
"Me dá dois dedos de uísque
que eu vou acabar com a festa.
Quem nasce naquelas bandas
já se sabe que não presta,
se não se vende pra nós
morre de fome e moléstia.
Se esse caboclo se atreve
meto-lhe um tiro na testa.

Não gosto de discutir
com negro metido a besta."

"Mas não se zangue, meu velho
– respondeu-lhe Zé Molesta –,
que agora que eu comecei.
Não vim pra brigar de tiro
mas pra dizer o que sei.
Na minha terra de fato
morre-se muito de fome
mas o arroz que plantamos
é você mesmo quem come,
a riqueza que criamos
você mesmo é quem consome."

Tio Sam disse: "Esta é boa!
Vocês são ingratalhões.
Vivo ajudando a vocês,
emprestando-lhes milhões,
e me vem você agora
dizer que somos ladrões.
Felizmente ainda existem
alguns brasileiros bons
como o Eugênio Gudin
e o Gouveia de Bulhões."

Molesta deu uma risada:
"Discuta de boa-fé.
Se você é tio deles,
meu tio você não é.
Explique então direitinho
o negócio do café."

Tio Sam desconversou,
mas Zé Molesta insistiu:
"Por que é que nosso café
de preço diminuiu?
Quanto mais café mandamos
recebemos menos dólar
e ainda vem você dizer
que vive nos dando esmola!
Você empresta uma parte
do que é nosso e a outra parte
você guarda na sacola."

"Não fale assim – disse o velho –,
que eu sempre fui seu amigo.
Mando a vocês todo ano
mil toneladas de trigo
e em troca nada lhes peço.
Criei os Corpos da Paz
e a Aliança para o Progresso."

"Sei de tudo muito bem,
mas você não nos engana.
Não pense que sou macaco
pra me entreter com banana.
O trigo que você fala
é o que fica armazenado
para que não baixe o preço
do seu trigo no mercado.
Você diz que dá de graça
mas nós pagamos dobrado.
É com ele que você paga
despesas do consulado
e da embaixada, enquanto
seu dólar fica guardado.

É com ele que você compra
a opinião dos jornais
pra que eles enganem o povo
com notícias imorais,
pra que não digam a verdade
sobre esses Corpos da Paz
que na frente nos sorriem
e nos enganam por trás."

Tio Sam disse a Molesta:
"Chega de conversação.
A moléstia que te ataca
já matou muito ladrão.
Você quer roubar meu ouro
e dividir meu milhão.
Comunista em minha terra
eu mando é para a prisão."

"Ora veja, minha gente,
como esse velho é safado!
Apela pra ignorância
quando se vê derrotado.
Não quer que eu diga a verdade
sobre meu povo explorado.
Quer me mandar pra cadeia
quando ele é o culpado."

"Vocês são todos bandidos,
chefiados por Fidel
– disse Tio Sam bufando,
da boca vertendo fel. –
Querem transformar o mundo
num gigantesco quartel,

pondo os povos sob as botas
da ditadura cruel."

"Essa conversa velhaca
não me faz baixar a crista
– disse Molesta. – Me diga
quem foi que apoiou Batista?
Você deu arma e dinheiro
a esse ditador cruel
que assassinava, roubava
e torturava a granel.
Por que era amigo dele
e agora é contra Fidel?

"Você diz que é contra Cuba
porque é contra ditadura.
Será que na Nicarágua
há democracia pura?
Se você luta no mundo
pra liberdade instalar
por que é amigo de Franco,
de Stroessner e de Salazar?
A verdade é muito simples
e eu vou logo lhe contar.
Você não quer liberdade,
você deseja é lucrar.

Você faz qualquer negócio
desde que possa ganhar:
vende canhões a Somoza,
aviões a Salazar,
arma a Alemanha e Formosa
pro mercado assegurar."

Nessa altura Tio Sam
já perdera o rebolado.
Gritou: "Chega de conversa,
que estou desmoralizado!
Desliguem a televisão,
deixem o circuito cortado.
Mobilizem os fuzileiros,
quero esse 'cabra' amarrado.
Vamos lhe cortar a língua
pra ele ficar calado."

"Eta que a coisa tá preta!
– disse pra si Zé Molesta. –
Como estou na casa dele,
é ele o dono da festa.
Tenho que agir com cuidado
pra ver se me escapo desta."

E foi um deus nos acuda,
barafunda, corre-corre.
Molesta pulou de lado.
"Quem não for ligeiro morre.
Pra me entregar pra polícia
só mesmo estando de porre."
Pulou por cima das mesas,
por debaixo das cadeiras.
Deu de frente com dois guardas,
passou-lhes duas rasteiras.
Gritou: "Abre, minha gente,
que eu vou jogar capoeira!"

Abriu-se um claro na sala,
dividiu-se a multidão.
Rolou gente, rolou mesa,
rolou guarda pelo chão.
Em dois tempos Zé Molesta
sumira na confusão.

HISTÓRIA

DE

UM

VALENTE

alentes, conheci muitos,
E valentões, muitos mais.
Uns só Valente no nome
uns outros só de cartaz,
uns valentes pela fome,
outros por comer demais,
sem falar dos que são homem
só com capangas atrás.

Conheci na minha terra
um sujeito valentão
que topava qualquer briga
fosse de foice ou facão
e alugava a valentia
pros coronéis do sertão.
Valente sem serventia,
foi esse Zé Valentão.

Conheci outro valente
que a ninguém se alugou.
Com tanta fome e miséria,
um dia se revoltou.
Pegou do rifle e, danado,
meia dezena matou
sem perguntar pelo nome
da mãe, do pai, do avô.

E assim, matando gente,
a vida inteira passou.

Valentão inconsequente,
foi esse Zé da Fulô!
Mas existe nesta terra
muito homem de valor
que é bravo sem matar gente
mas não teme matador,
que gosta de sua gente
e que luta a seu favor,
como Gregório Bezerra,
feito de ferro e de flor.

Gregório, que hoje em dia
é um sexagenário,
foi preso pelo Governo
dito "revolucionário",
espancado e torturado,
mais que Cristo no Calvário,
só porque dedica a vida
ao movimento operário
e à luta dos camponeses
contra o latifundiário.

Filho de pais camponeses,
seu rumo estava traçado:
bem pequeno já sofria
nos serviços do roçado.
Com doze anos de idade
foi pra capital do estado,
mas no Recife só pôde
ser moleque de recado.
Voltou pra roça e o jeito
foi ser assalariado.
Até que entrou pro Exército
e decidiu ser soldado.

Sentando praça, Gregório
foi um soldado exemplar.
Tratou de aprender a ler
e as armas manejar.
Em breve tornou-se cabo
mas não parou de estudar.
Chegou até a sargento
na carreira militar.

Sua vida melhorou
mas não parou de pensar
na sorte de sua gente
entregue a duro penar.
Um dia aquela miséria
havia de se acabar.

Foi pensando e conversando,
trocando pontos de vista,
que Gregório terminou
por se tornar comunista
e no Partido aprendeu
toda a doutrina marxista.
Convenceu-se de que o homem,
no mundo capitalista
é o próprio lobo do homem,
torna-se mau e egoísta.

Da luta de 35,
Gregório participou.
Derrotado o movimento,
muito caro ele pagou.
O Tribunal Militar
do Exército o expulsou,
e o meteu na cadeia

onde Gregório ficou
até em 45
quando a anistia chegou.

Mas todo esse sofrimento
valeu-lhe muito respeito.
Candidato a deputado
foi gloriosamente eleito
pra Câmara Federal
sendo o segundo do pleito.
Seu trabalho no Congresso
só lhe aumentou o conceito.

Mas eleito deputado,
um problema ia surgir:
Gregório não tinha roupas
para o mandato assumir.
Foi preciso a gente humilde
que o elegeu se unir
e fazer uma "vaquinha"
pras roupas adquirir.
Assim, vestido elegante,
Gregório pôde partir.

A força dos comunistas
assustou a reação.
Viram o apoio que o povo
dera a eles na eleição.
Armaram rapidamente
uma bruta traição.
Contra o PCB voltou-se
a total proibição
e contra os seus deputados
engendrou-se a cassação.

Fizeram o que fez agora
a falsa "revolução".

Gregório pronunciou
a oração derradeira
apresentando o projeto
em favor da mãe solteira.
Projeto feito com amor
à mãe pobre brasileira,
a essa mulher do povo
que só conhece canseira.
Projeto que mostra a alma,
alma pura e verdadeira,
desse homem contra quem
já se inventou tanta asneira.

Usurpado no mandato
que o povo lhe confiara,
a reação novo bote
contra ele já armara:
um quartel que pegou fogo
em Pernambuco, inventaram
que Gregório o incendiara,
e o meteram na cadeia
sem que a culpa se provara.
Mas ao final do processo
a verdade brilhou clara.

Assim, posto em liberdade,
Gregório não descansou.
Em Pernambuco e Goiás,
dia e noite trabalhou,
organizou camponeses,
a muita gente ensinou.

No Paraná e em São Paulo
sua ajuda dedicou.
Um dia com um revólver
por azar se acidentou.

Veio a polícia e, ferido,
para a cadeia o levou.
Solto de novo, Gregório
para Pernambuco voltou.
E é em Pernambuco mesmo
que o vamos encontrar
em abril de 64
quando o golpe militar
se abateu sobre o País
derrubando João Goulart,
prendendo os que encarnavam
a vontade popular,
os que com o povo lutavam
para a Nação libertar.

Gregório então foi detido
no interior do estado.
Mas só se entregou depois
de ter identificado
o capitão que o prendia.
Tivera esse cuidado
pois sabia que um bando
de facínoras mandado
pelo usineiro Zé Lopes
buscava-o naqueles lados.

Pouco adiante, no entanto,
no cruzamento da estrada,
surge um destacamento.
Era uma tropa embalada
do Vigésimo RI
e à sua frente postada
a figura de Zé Lopes
com toda sua capangada.

Foram chegando e dizendo
que o preso lhes entregassem
para que naquele instante
com sua vida acabassem.
O capitão, no entanto,
pediu-lhes que se acalmassem,
pois as ordens do Recife
não era pra que o matassem.
Queriam ouvir Gregório
e depois o fuzilassem.

Zé Lopes e seus capangas
não queriam obedecer.
Gritavam que comunista
não tem direito a viver.
Mas o capitão foi firme,
não se deixou abater.
A coisa então foi deixada
pro comando resolver.
Rumaram pra Ribeirão
onde o comando foi ter.

Zé Lopes, chegando lá,
insistiu com o comandante,
que lhe entregasse Gregório
pra "julgar" a seu talante.
Não conseguiu, e Gregório
foi, de maneira ultrajante,
amarrado como um bicho,
jogado num basculante
que o levou pro Recife
às ordens do comandante.

Levado então à presença
do general Alves Bastos,
Gregório, os pulsos sangrando,
nem assim se pôs de rastos.
Quando este lhe perguntou
onde as armas escondera,
respondeu: "Se armas tivesse,
não era desta maneira
que eu estaria agora,
mas com as armas na mão,
junto com o povo lá fora."

Pro Forte das Cinco Pontas
foi conduzido, então,
e de lá para o quartel
de Motomecanização,
onde começa a mais negra
cena da "revolução"
que tanta vergonha e crime
derramou sobre a Nação.
Darcy Villocq Vianna,
eis o nome do vilão.

Esse coronel do Exército
mal viu Gregório chegar
partiu para cima dele
e o começou a espancar.
Bateu com um cano de ferro
na cabeça até sangrar.
Chamou outros subalternos
para o preso massacrar.
Gritando: "Bate na fera!
Bate, bate, até matar!"
Dava pulos e babava
como se fosse endoidar.

Depois despiram Gregório
e já dentro do xadrez
com a mesma fúria voltaram
a espancá-lo outra vez.
Com 70 anos de idade
e outros tantos de altivez,
nenhum gesto de clemência
ao seu algoz ele fez.
O sangue agora o cobria
da cabeça até os pés.

No chão derramaram ácido
e fizeram ele pisar.
A planta dos pés queimava,
mal podia suportar.
Vestiram-lhe um calção
para depois o amarrar
com três cordas no pescoço
e para a rua o levar
preso à traseira de um jipe

e para ao povo mostrar
o "bandido comunista"
que se devia linchar.
Estava certo Villocq
que o povo o ia apoiar
para em plena praça pública
o comunista enforcar...

Mas para seu desespero
o povo não o apoiou.
Aos seus apelos de "Enforca!"
nenhuma voz se juntou.
Um silêncio insuportável
sua histeria cercou.
Via era ódio nos olhos
e se ninguém protestou
é que os soldados em volta
ao povo impunham terror.
Muitas mulheres choravam.
Uma freira desmaiou
no Largo da Casa Forte
onde o cortejo parou.

"Meus pés eram duas chagas
– Gregório mesmo contou –
e no meu pescoço a corda
ainda mais apertou.
O sangue que me banhava
minha vista sombreou.
Senti que a força faltava
mas minha boca falou:
'Meu povo inda será livre!'"

E muita gente chorou
no Largo da Casa Forte
onde o cortejo parou.

A freira que desmaiara
o arcebispo procurou,
e este ao general Justino
nervosamente apelou
para impedir o homicídio
que quase se perpetrou.
A solidariedade humana
como uma flor despontou
no Largo da Casa Forte
onde o cortejo parou.

Quase morto mas de pé,
Gregório foi encarcerado.
Por dias e noites a fio
ele foi interrogado.
Já faz três anos que ele
continua aprisionado
sem ordem legal pra isso
e sem ter sido julgado.
E até um *habeas corpus*
pedido lhe foi negado.

Mas nada disso arrefece
o valor desse homem bravo
que luta pra que seu povo
deixe enfim de ser escravo
e a cada nova tortura,
a cada cruel agravo,
mais força tem pra lutar
esse homem sincero e bravo.

E donde vem essa força
que anula a crueldade?
Vem da certeza que tem
numa histórica verdade:
o homem vem caminhando
para a plena liberdade;
tem que se livrar da fome
para atingir a igualdade;
o comunismo é o futuro
risonho da humanidade.

Gregório Bezerra é exemplo
para todo comunista.
É generoso e valente,
não teme a fúria fascista.
À barbárie do inimigo
opõe o amor humanista.

Gregório está na cadeia.
Não basta apenas louvá-lo.
O que a ditadura espera
é a hora de eliminá-lo.
Juntemos nossos esforços
para poder libertá-lo,
que o povo precisa dele
pra em sua luta ajudá-lo.

SOBRE

O

AUTOR

Ferreira Gullar é o pseudônimo de José Ribamar Ferreira. Nasceu em São Luís do Maranhão em 10 de setembro de 1930. Aos 21 anos, já premiado em concurso de poesia promovido pelo *Jornal de Letras*, e tendo publicado um livro de poemas – *Um pouco acima do chão* (1949) –, transferiu-se para o Rio de Janeiro.

Na capital carioca, passou a colaborar em jornais e revistas, inclusive como crítico de arte. Em 1954, publicou *A luta corporal*, livro que abriu caminho para o movimento da poesia concreta, do qual participou inicialmente e com o qual rompeu, para, em 1959, organizar e liderar o grupo neoconcretista, cujo manifesto redigiu e cujas ideias fundamentais expressou no famoso ensaio *Teoria do não-objeto*.

Levando suas experiências poéticas às últimas consequências, considerou esgotado esse caminho em 1961, e voltou-se para o movimento de cultura popular, integrando-se ao Centro de Cultura Popular (CPC), da União Nacional dos Estudantes (UNE), da qual era presidente quando sobreveio o golpe militar de 1964. A partir de 1962, a poesia de Gullar passa a refletir a necessidade moral de lutar contra a injustiça social e a opressão. Ele recomeça sua experiência poética com poemas de cordel e, mais tarde, reelabora sua linguagem até alcançar a complexidade dos poemas que constituem *Dentro da noite veloz*, lançado em 1975. Em 1964, publica o ensaio *Cultura posta em questão* e, em 1969, *Vanguarda e subdesenvolvimento*, em que propõe um novo conceito de vanguarda estética.

Se os versos de Gullar foram e são sensíveis a toda a problemática do homem, o seu teatro segue a mesma linha, em obras de parceria com escritores de igual valor: *Se correr o bicho pega, se ficar o bicho come* (1966), com Oduvaldo Vianna Filho; *A saída? Onde fica a saída?* (1967), com Armando Costa e A. C. Fontoura; e *Dr. Getúlio, sua vida e sua glória* (1968), com Dias Gomes. Em 1979, publica a peça *Um rubi no umbigo.*

Forçado a exilar-se do Brasil em 1971, escreve em 1975, em Buenos Aires, o seu livro de maior repercussão, *Poema sujo*, publicado em 1976 e considerado por Vinicius de Moraes "o mais importante poema escrito em qualquer língua nas últimas décadas".

Para Otto Maria Carpeaux,

> *Poema sujo* [...] é a encarnação da saudade daquele que está infelizmente longe de nós, geograficamente, e tão perto de nós como está perto dele, na imaginação do poeta, o Brasil que lhe inspirou esses versos. *Poema sujo* mereceria ser chamado "Poema nacional", porque encarna todas as experiências, vitórias, derrotas e esperanças da vida do homem brasileiro. É o Brasil mesmo, em versos "sujos" e, portanto, sinceros.

Já no Brasil, Gullar publica *Antologia poética* (1978), *Uma luz do chão* (1978) e um novo livro de poemas, *Na vertigem do dia* (1980).

Gullar publicou, também, entre outros livros, *Muitas vozes* (1999), vencedor do Prêmio Jabuti na categoria Poesia; *Resmungos* (2006), vencedor do Prêmio Jabuti de Livro do Ano – Ficção;

Em alguma parte alguma (2010), vencedor do Prêmio Jabuti de Livro do Ano – Ficção.

Em 2005, o escritor recebeu dois importantes prêmios pelo conjunto da obra: o da Fundação Conrado Wessel de Ciência e Cultura, na categoria Literatura, e o Prêmio Machado de Assis, a maior honraria da Academia Brasileira de Letras. Em 2010, foi agraciado com o Prêmio Camões, o mais importante da língua portuguesa, e recebeu o título de doutor *honoris causa* da Universidade Federal do Rio de Janeiro.

Em 2014, passou a ocupar a cadeira nº 37 da Academia Brasileira de Letras.

Faleceu em 2016, no Rio de Janeiro.

SOBRE

O

ILUSTRADOR

Ciro Fernandes é paraibano, nascido em 1942. Artista plástico, participou de muitas exposições em várias capitais brasileiras. Para a Editora José Olympio, ilustrou obras de Rachel de Queiroz e a capa de *Seleta: Por pior que pareça*, de Marcelino Freire. É também autor de *Sonho de papel*, publicado em 2002. Ciro Fernandes trabalha e mora no Rio de Janeiro.

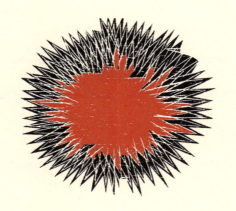

A primeira edição deste livro foi impressa na
Gráfica Plena Print, para a
EDITORA JOSÉ OLYMPIO LTDA., em junho de 2024.

*

93º aniversário desta Casa de livros, fundada em 29.11.1931.